Dirección editorial: María Jesús Díaz
Textos: Eduardo Trujillo
Ilustraciones: F. Valiente / Equipo Susaeta

© SUSAETA EDICIONES S.A. - Obra colectiva
C/ Campezo, 13 - 28022 Madrid
Tel.: 91 3009100 - Fax: 91 3009118
Impreso y encuadernado en España
www.susaeta.com

Impreso en papel procedente de bosques sostenibles.

Cualquier forma de reproducción, distribución, comunicación pública o transformación
de esta obra solo puede ser realizada con la autorización de sus titulares, salvo excepción
prevista por la ley. Dirijase a CEDRO (Centro Español de Derechos Reprográficos)
si necesita fotocopiar o escanear algún fragmento de esta obra
(www.conlicencia.com; 91 702 19 70 / 93 272 04 47).

BUSCA EN EL FÚTBOL

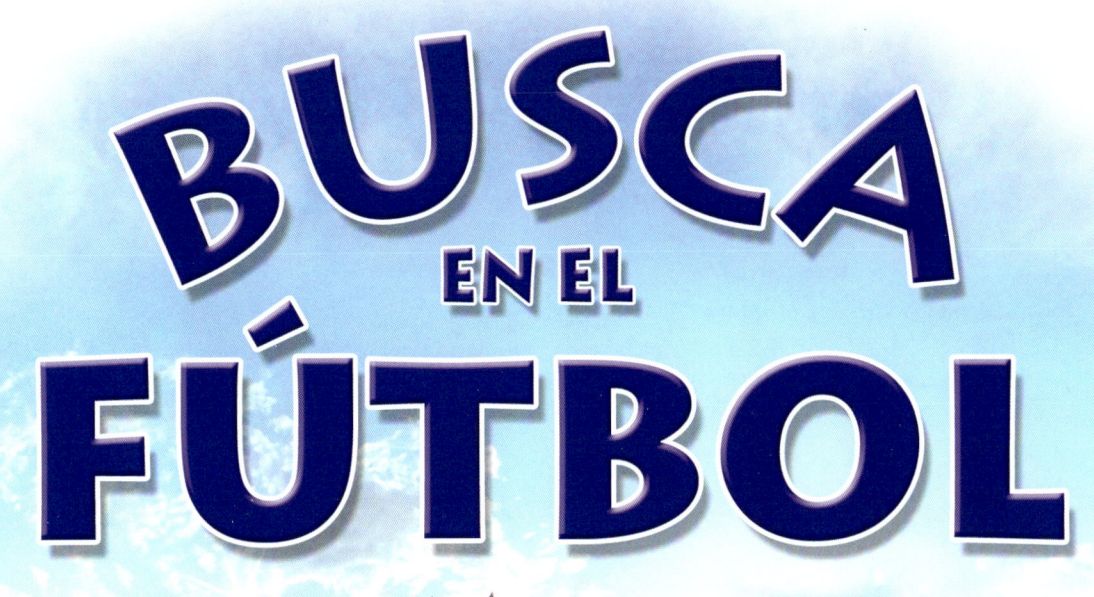

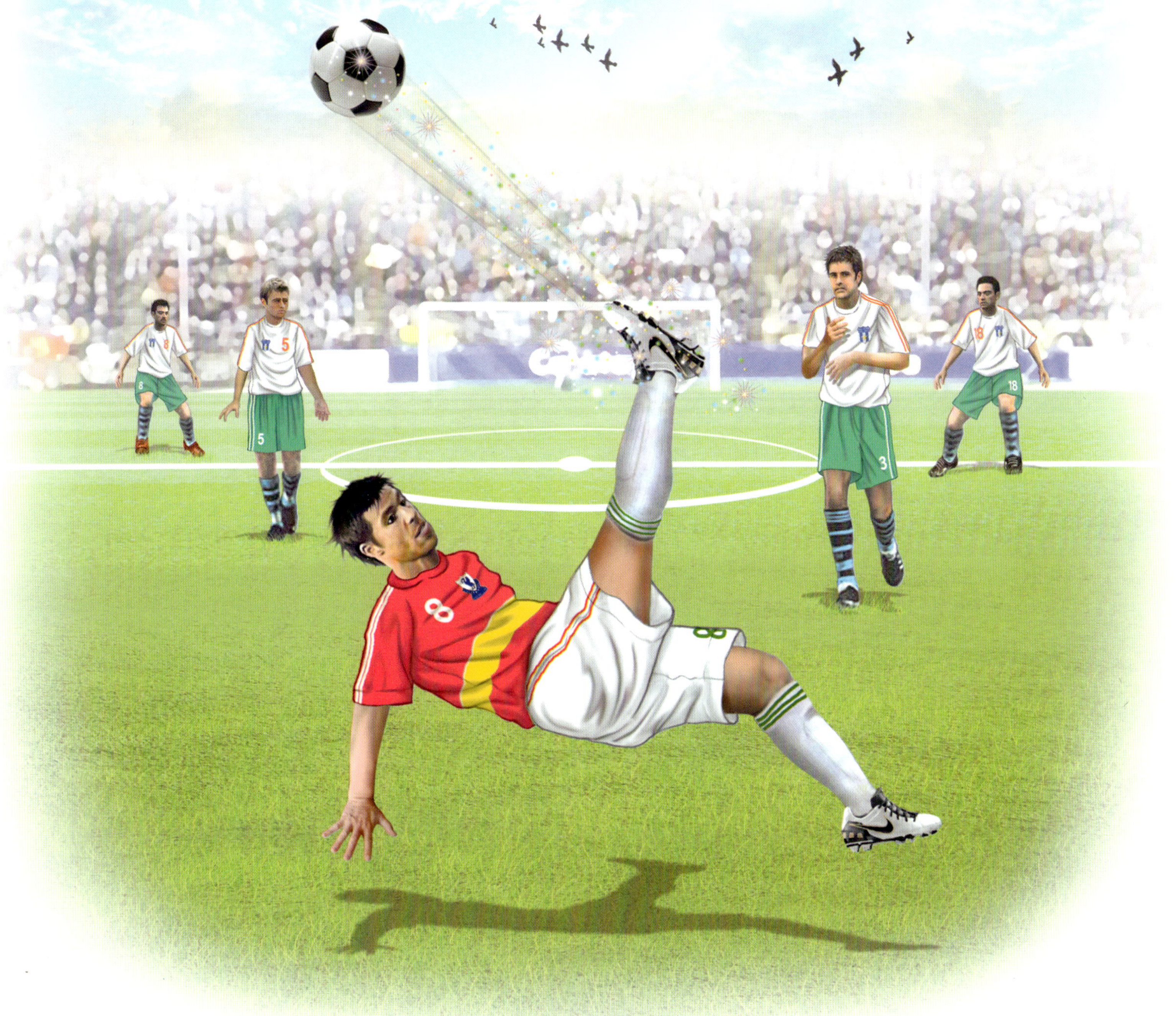

susaeta

¿DÓNDE NACIÓ EL FÚTBOL?

Aunque, en principio, el origen del fútbol siempre se ha situado en Inglaterra, lo cierto es que en la antigua China ya se jugaba a un deporte similar, el «cuju», que consistía en lanzar con una patada una pelota de cuero a una red.

En la Antigua Roma, se practicaba también un juego llamado «harpastum», que consistía en intentar llevar un balón hasta el campo contrario, de un modo similar al rugby. Éste ya se parece más al fútbol que conocemos hoy en día.

Hay 2 pelotitas muy raras para esa época. ¿Las ves?

Según una antigua tradición, un príncipe de la dinastía Song demostraba a sus sirvientes sus habilidades en el manejo del balón. De repente, golpeó con fuerza y la pelota salió del recinto. Un sirviente consiguió pararla con agilidad y, antes de que cayera al suelo, se la pasó al príncipe de nuevo, quedándose éste maravillado. Así se puso de moda el deporte del cuju. Será una maravilla si encuentras en toda la página 2 chinos que no usan zapatos de esa época.

No seas tan bruto como ellos y busca 2 guerreros romanos.

También en China, en el ejército, entre batalla y batalla, solían organizarse partidos de cuju entre los soldados, para mantener la moral de la tropa. **¿Les puedes encontrar 5 escudos que han perdido mientras jugaban?**

En Japón, se jugaba un juego parecido, llamado kemari. El juego consistía en mantener una pelota en el aire impidiendo que tocase el suelo. Los jugadores iban ataviados con elegantes trajes de anchas mangas realizados en seda.

Hay 10 pelotas diferentes en toda la página. ¿Las podrás encontrar?

Y todavía antes, los mayas jugaban a otro deporte aún más espectacular: se llamaba «pokolpok». Se jugaba en un campo de arena y había que meter la pelota por unos enormes aros que había en una gran pared lateral de piedra. Meterás gol, si encuentras 2 aros de piedra como éstos.

Durante las guerras, el juego maya se volvía muy cruel: para celebrar las victorias, solía reemplazarse la pelota por la cabeza del jefe de los guerreros vencidos. Hay 2 cabezas tiradas por ahí. ¿Las ves?

POR FIN UNAS NORMAS

El juego original romano llamado «harpastum» se difundió por Europa y, durante la Edad Media, fue adquiriendo distintas características según el lugar. Estos juegos primitivos fueron finalmente regulados en las Islas Británicas, donde se crearon las reglas actuales de lo que conocemos como fútbol.

Un balón no pertenece a esta escena. ¿Lo ves?

En Francia ya existía una variante llamada «soule»: un antiguo juego celta que podía desarrollarse en el campo o en la ciudad; la duración del juego se pactaba antes de empezar, y la pelota, del tamaño de un balón de rugby, podía ser de tela o incluso de madera. ¿Serás capaz de encontrar 3 botiquines por si la cosa se pone fea?

En Inglaterra, en el siglo XIV, el tipo de «fútbol» que se practicaba era tan violento que el rey Eduardo II lo declaró ilegal, de modo que empezó a jugarse de forma clandestina por todo el reino.

¡Hasta valía pegarse con palos! Que no te vean buscando 5 palos que han perdido.

Había pueblos enteros que participaban en esta verdadera contienda, que consistía en llevar el balón hasta el pueblo contrario en medio de un tumulto indescriptible, que causaba grandes destrozos e incluso muertes.
Con tanto jaleo… ¿encontrarás 6 zapatos que se han perdido?

Estos son jugadores de «calcio fiorentino», un deporte tradicional italiano.
No te hagas daño y busca 8 balones más como éste.

El «calcio fiorentino» consistía en dos equipos de 27 jugadores cada uno, que debían meter la pelota en uno de los dos agujeros que había en el campo de arena, un espacio similar a las canchas actuales. Los golpes y patadas al contrario estaban permitidos.

Finalmente en el siglo XIX en Cambridge, Inglaterra, se establecieron las bases del fútbol asociación, creando las «13 reglas» esenciales que dieron forma a este deporte casi como lo conocemos hoy en día.

Las reglas del fútbol

¿Puedes descubrir 13 banderas del equipo azul?

Has de cumplir las reglas del juego y encontrar 3 pergaminos como éste.

LOS PARTICIPANTES

En un partido de fútbol actual, participan un total de 25 personas: 11 jugadores de cada equipo, 1 árbitro y dos árbitros de línea o asistentes. ¡No hay que olvidarse del balón ni del silbato que son muy importantes!

Hay 3 jugadores que tienen un objeto que no deberían llevar. ¿Los ves?

En cada equipo, el entrenador determina los jugadores que le darán forma y estudia la mejor estrategia de juego para ganar cada partido, metiendo la mayor cantidad de goles en la portería contraria.
Éste ha perdido su libreta de notas.

Los jugadores «delanteros» son la fuerza de ataque y generalmente los que materializan los goles.
Los «defensas» son aquellos que, protegiendo el área próxima a la portería, contienen el ataque de los delanteros contrarios.
¡Marcarás un gol si reconoces 1 balón de rugby!

Los «centrocampistas» juegan entre los defensas y los delanteros, y son los organizadores del juego; pueden avanzar hasta el ataque, o «bajar» a defender cuando ataca el contrario.

Finalmente, **el portero** es el encargado de parar el balón que los contrarios intentan meter en la portería.

El árbitro es el juez que **observa y controla** que se cumplan todas las reglas del juego y que nadie se las salte.

En toda la página, hay 14 balones de todas clases. ¿Los ves?

La indumentaria básica de los jugadores está reglamentada y consiste en: camiseta, pantalón corto, medias, espinilleras y calzado adecuado.
¿Quién es el que viste diferente?

EL TERRENO DE JUEGO

Hoy es día de puertas abiertas en el estadio de fútbol y han dejado entrar a los niños para que conozcan las normas de un campo de fútbol y vean el estadio desde el césped, como lo ven habitualmente los jugadores. ¡Se lo están pasando fenomenal!

Algunos niños se han traído sus mascotas. ¿Ves 7?

La **portería** es un marco de madera o metal clavado al suelo. Está formada por dos postes, un travesaño y una red que sirve para retener el balón en caso de gol. Las dimensiones oficiales de la portería son de 7,32 m de ancho x 2,44 m de alto. **¿Ves 1 objeto que sirve para jugar al tenis?**

Delante de la portería, hay un rectángulo más pequeño que el área penal, que se llama **área de meta**. Y un punto a 11 metros de la portería, desde donde se chutan los penaltis.

Serás buen portero si encuentras 2 topillos que han salido al oír tanto jaleo.

En un campo de fútbol, primero se dibuja un gran **rectángulo** en donde las líneas laterales exteriores más largas se llaman líneas de banda y las más cortas se llaman líneas de meta.

En los vértices del gran rectángulo que forma el campo, **se colocan unos banderines** y se dibuja un pequeño arco alrededor de la base del banderín que se llama «área de esquina». **Tienes que encontrar en toda la página 2 banderines que no están bien colocados.**

Dentro del rectángulo, la línea que lo divide por la mitad se llama **línea media**. En el centro de esta línea, hay dibujado un punto rodeado por un círculo más amplio (en dicho punto, se pondrá el balón al iniciar el partido). **No podrás jugar si no ves 2 pelotas que no son de fútbol.**

Sobre la línea de meta, se dibuja un rectángulo más grande que delimita el **área penal** y, sobre ella, se dibuja a su vez un semicírculo por la parte exterior. **Yo he dibujado 8 balones. ¿Los ves?**

Las líneas del campo miden 12 cm de grosor. Para que salgan rectas se usan cuerdas, y se pintan con una máquina que, a medida que avanza, va soltando yeso en polvo. **Hay 1 objeto que sirve para jugar al hockey.**

Los partidos de fútbol se juegan sobre una **superficie natural o artificial de hierba**. La forma y las dimensiones de este terreno están reglamentadas. Deben ser: entre 45–90 m de ancho y 90–120 m de largo, para lo cual se marca y delimita con unas líneas blancas.

EL ESTADIO

Un estadio es un recinto con gradas, destinado básicamente a competiciones deportivas. Consiste en un campo de grandes dimensiones rodeado por una estructura diseñada para albergar a los espectadores del acontecimiento (deporte, concierto u otra actividad).

Hay un error en un jugador. ¿Lo ves?

El estadio más antiguo que conocemos se encuentra en Olimpia, Grecia. Allí se celebraron los primeros Juegos Olímpicos, en el año 776 a.C. ¿Puedes encontrar 1 balón muy antiguo?

Entre los espectadores y el campo de juego hay una separación que consiste en una valla o pantalla transparente, que impide el acceso del público al campo de juego o el lanzamiento de objetos sobre los deportistas. Unos gamberros han lanzado 2 botellas al campo.

El Rungrado May Day es el estadio de fútbol más grande del mundo. Está en la ciudad de Pyongyang (Corea del Norte) y cuenta con una capacidad de 150.000 espectadores. Tiene múltiples usos, pues posee una pista de atletismo y un campo de fútbol.

Los estadios cuentan con todo tipo de medidas de seguridad: unos tornos que controlan el paso del público, personal médico para posibles incidentes, e incluso otros que cachean a los que llevan voluminosas mochilas. Hay numerosos y amplios accesos, así como vías de evacuación rápida en caso de emergencia. Estarás seguro si encuentras las 4 bengalas que han lanzado unos desalmados.

Por desgracia, **los actos vandálicos** han provocado en demasiadas ocasiones muchos daños entre el público, incluso muertes.

Los estadios **cuentan con cafeterías** y otras instalaciones donde comprar un refresco y un bocadillo para disfrutar mejor del partido.
Antes de comer, recoge 5 latas de refresco que ha tirado alguien.

En algunos estadios, **hay un videomarcador** que sirve, además de para anotar los goles de cada equipo, como pantalla de televisión, para publicidad y para informar al público. **Saldrás en la tele si encuentras 5 bocadillos** en toda la página.

UN JUEGO CON REGLAS

En cuanto al desarrollo del juego, vamos a ver ahora algunas normas que los jugadores deben respetar para que el partido pueda tener lugar y no se convierta en un caos.

Hay 3 jugadores que no pueden jugar con el objeto que llevan.

Los jugadores no pueden agredirse, ni cogerse de la camiseta, ni poner o intentar poner una zancadilla al adversario. El árbitro está pendiente de todo lo que sucede y, si ve algo que considere incorrecto, detendrá el partido con un pitido. ¿Ves 3 botes de spray para los golpes?

El balón seguirá estando en juego aunque rebote en el árbitro, en la portería o en el poste del banderín de esquina.

Con el balón en el centro del terreno y cada equipo en su zona, se lanza una moneda al aire para ver quién hace el saque. ¿Ves 3 monedas que se han perdido?

Si el balón sale por la línea de meta por causa de un contrario el saque lo hará el portero. Si lo ha sacado uno del mismo equipo, entonces se llama saque de esquina y el tiro lo realizará uno del equipo atacante.

El árbitro es el que decide en el campo y dictamina lo que está bien o mal. Los jugadores han de acatar las normas aunque les moleste la sanción. ¿A ti te molestaría buscar 3 tarjetas rojas y 1 amarilla que ha perdido?

¡No encuentro 2 camisetas de mi equipo!

Se marca un gol cuando el balón traspasa completamente la línea blanca de la portería y el tiro ha sido correctamente ejecutado.

Así, es gol. Así, no es gol.

El árbitro, al cumplirse el tiempo reglamentario, dará por finalizado el partido con tres pitidos. Hay 1 jugador en el campo que no cumple el reglamento. ¿Sabes cuál es?

La misión del portero es evitar que el balón traspase la línea de meta, sin cometer falta al contrario.

El periodo de juego es de 90 minutos, dividido en dos tiempos de 45 y un descanso que no debe durar más de 15 minutos. ¡Tú tardarás menos en encontrar 4 silbatos! ¡Busca bien!

Si el balón sale por la línea de banda se efectúa un saque de banda, que realiza un jugador con las dos manos y desde el exterior de la línea.

LOS CLUBES DE FÚTBOL

Son entidades que tienen como objetivo la práctica y difusión de este deporte. Cada uno posee sus propios distintivos, una vestimenta característica, colores, un escudo, y algunos incluso un estadio propio o un museo de trofeos.

Hay 5 trofeos que claramente no son de fútbol. ¿Los ves?

La rivalidad entre clubes crea adeptos y une a sus integrantes. Se encumbran ídolos que son admirados por todos y, cuando los jugadores van a entrenar, siempre hay alguien que quiere una foto o un autógrafo. ¡Hasta hay quien los colecciona!
Te ganarás un autógrafo si encuentras 3 trofeos con forma de futbolista.

Entre los seguidores hay grupos muy violentos, que causan muchos problemas en los acontecimientos deportivos.
¿Ves 5 copas iguales?

Algunos padres enseñan desde pequeños a sus hijos el amor por su club favorito y hasta les hacen socios incluso antes de ir al colegio.
Se han perdido 4 chupetes.

Pero a la inmensa mayoría le vale con apoyar correctamente a su club y participar de la fiesta del deporte, acudiendo a los estadios y festejando sus victorias por todas partes.

Sin hacer ruido...
¿me buscas el trofeo de la bota de oro?

Los seguidores de un equipo de fútbol suelen pintarse la cara con los colores de su equipo, a la vez que despliegan todo tipo de banderas y bufandas.

Entre tanto trofeo...
¿verás 10 medallas?

EL JUEGO HA COMENZADO

Ahora vamos a asistir a un encuentro en un gran estadio entre dos clubes rivales que se juegan la copa de la liga nacional. El estadio está lleno y ocurren muchas cosas mientras los jugadores persiguen su objetivo común: ¡ganar!

Hay 1 balón muy antiguo. ¿Lo ves?

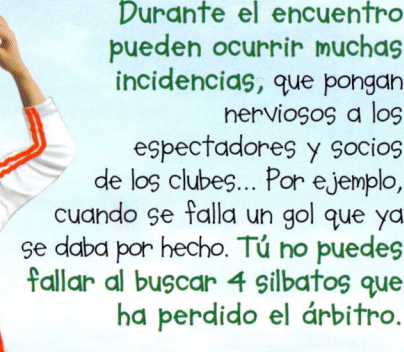

Durante el encuentro pueden ocurrir muchas **incidencias,** que pongan nerviosos a los espectadores y socios de los clubes... Por ejemplo, cuando se falla un gol que ya se daba por hecho. **Tú no puedes fallar al buscar 4 silbatos que ha perdido el árbitro.**

A menudo, en algunos partidos especialmente importantes, aparecen los fanáticos, que deben ser **controlados por la policía.** Para ello utilizan perros que los disuaden de cometer actos vandálicos. **No cometas un error al buscar 4 perros que se han escapado.**

También ocurren hechos divertidos, como que, al chutar el balón, el jugador ponga tanta fuerza **que su zapato salga volando junto con el balón.** En fútbol no es reglamentario jugar sin zapato, así que dicha jugada sería anulada. **Cálzate para ver 3 zapatos que andan sueltos por estas páginas.**

A veces tiene que **detenerse el partido,** porque el público no devuelve al campo de juego los balones que van a parar a las gradas, debiendo éstos ser reemplazados por los balones de reserva. **En toda la página, vas a encontrarte con 14 balones de todos los tipos.**

Cuando en una final se llega al término del partido con empate, se juega una prórroga de 30 minutos. Si continúa el empate, **se lanzan 5 penaltis por equipo** y el que acierte más se lleva el partido.

Las agresiones no sólo se dan en las gradas, **los futbolistas también hacen entradas durísimas,** que más de una vez han dejado a un jugador varios meses apartado del campo. Estas acciones pueden ser motivo de penalti, o directamente expulsión.

En los grandes partidos, los estadios se engalanan y el público vibra con todas las jugadas: cantan, vitorean, agitan banderas, tiran confeti... Con tanta alegría... ¡se han escapado 5 globos!

Los jugadores, a veces, tienen un comportamiento que no es el más adecuado con el público. Pero si el árbitro lo ve, será motivo de sanción. Para que no te sancionen, busca 1 balón deshinchado entre todos los que has contado.

A diferencia de lo que ocurre durante el partido o la prórroga, en la tanda de penaltis, si un portero o el poste rechaza el balón, éste no podrá ser vuelto a chutar por el mismo ni por ningún otro jugador.

LOS GOLES

La palabra «gol» procede del inglés («goal», que significa meta, objetivo) y supone la entrada del balón en la portería, objetivo del juego en muchos deportes. En el fútbol, un gol se marca después de que una pelota cruza completamente la línea de meta, dentro de una portería.

Un jugador no se ha vestido correctamente, ¿ya lo has visto?

El partido en el que se metieron más goles fue Australia-Samoa Americana, donde el primero marcó 32 goles a 0. ¡Que no te metan ni un gol! Busca 1 balón que no es de fútbol.

Pelé fue el máximo goleador profesional. Metió 1.282 goles en 1.366 partidos, en 21 años (1956 – 1977).
Se nos ha vuelto a colar 1 balón antiguo como éste. ¿Lo buscas?

El gol más rápido en primera división fue del uruguayo Ricardo Olivera, a los 2,8 segundos de empezar el partido, el 26 de diciembre de 1998.
Un jugador lleva una bota de cada color. ¿Lo ves?

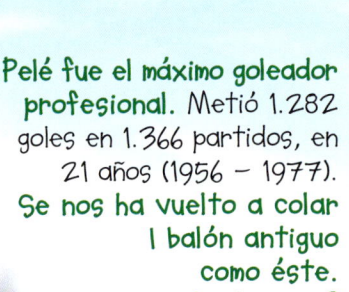

Los guardametas, que siempre están pendientes del juego, dan instrucciones y coordinan a sus compañeros, para poder atrapar mejor el balón en caso de que éste sea lanzado a la portería. Hay 5 balones con estrellas.

El gol en contra más rápido fue en el Mundial de Alemania 2006, en el partido Paraguay-Inglaterra: Carlos Gamarra lo metió en su propia portería a los 3 minutos de haberse iniciado el partido.
Me temo que le he puesto el mismo número a 2 jugadores del mismo equipo.

El guardameta es el único jugador que puede usar sus manos y brazos, aunque sólo dentro del área penal, para atrapar el balón y evitar así el gol, o para lanzarlo a sus compañeros de equipo.
Usa la cabeza para ver 1 error en el número de un jugador.

La barrera de jugadores bien colocada impide que el jugador que va a chutar la falta pueda meter gol.

Rogério Ceni es un futbolista brasileño y, actualmente, el **portero más goleador del mundo**: ha marcado 84 goles, sobrepasando la marca de José Luis Chilavert, que había metido 62. Hay 6 jugadores con el número ocho. ¿Los ves?

FÚTBOL FEMENINO

Las mujeres han ido teniendo poco a poco más presencia en el mundo del fútbol, venciendo las dificultades que significaba hacerse un hueco en un deporte tradicionalmente masculino. La participación femenina ha llegado para quedarse y triunfar.

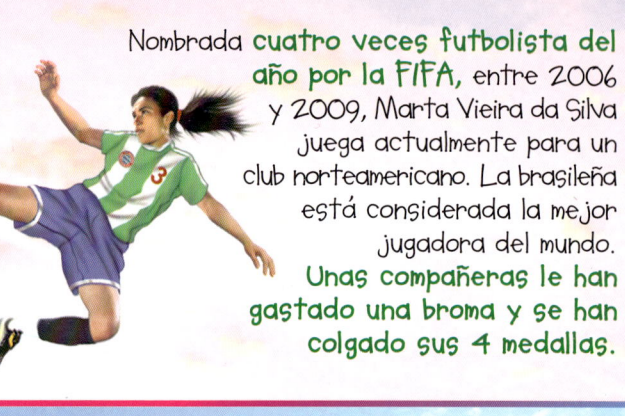

Nombrada **cuatro veces futbolista del año por la FIFA**, entre 2006 y 2009, Marta Vieira da Silva juega actualmente para un club norteamericano. La brasileña está considerada la mejor jugadora del mundo. **Unas compañeras le han gastado una broma y se han colgado sus 4 medallas.**

¿Cuánto suman los números de las jugadoras de esta página?

Tras la Primera Guerra Mundial, el fútbol femenino **empezó a desarrollarse con más fuerza**. Sin embargo, hasta 1972 no tuvieron lugar los primeros encuentros internacionales oficiales entre selecciones. Esto pronto dio paso a la práctica profesional del deporte. **Una chica ha cambiado el número y el escudo de lado. ¿Ya la has visto?**

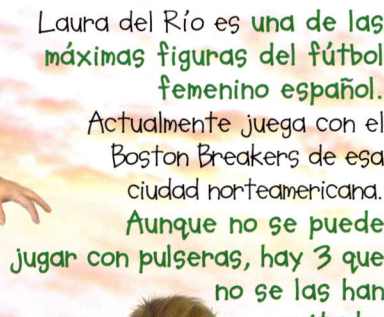

Laura del Río es una de las máximas figuras del fútbol femenino español. Actualmente juega con el Boston Breakers de esa ciudad norteamericana. **Aunque no se puede jugar con pulseras, hay 3 que no se las han quitado.**

Milene Domingues «Ronaldinha» es la jugadora de fútbol femenino **más conocida** entre los aficionados españoles, no tanto por sus dotes con el balón, como por su matrimonio con Ronaldo. **Hace tanto calor que se han bebido 6 botellas de agua. Busca en toda la página.**

EL MUNDIAL DE FÚTBOL

La Copa Mundial de Fútbol es el torneo más importante de este deporte en su versión masculina. Este acontecimiento deportivo se realiza cada cuatro años desde 1930. En 2010, el Mundial se celebró en Sudáfrica y ganó España.

Se han colado en el estadio 5 aves. ¿Las ves?

El codiciado trofeo del Mundial mide 36,8 cm de altura y está hecho con 5 kg de oro sólido de 18 quilates, una base de 13 cm de diámetro y dos anillos de malaquita; pesa 6,175 kg y representa a dos figuras humanas que sostienen al planeta Tierra. **Fíjate en los trofeos: hay 1 que no pertenece al fútbol. ¿Lo ves?**

El último Mundial se llevó a cabo en Sudáfrica entre el 11 de junio y el 11 de julio de 2010. Era la primera vez que este torneo se disputaba en África y la selección española fue la gran triunfadora. **En toda la página, verás 5 veces la mascota del Mundial.**

Para albergar este importante acontecimiento, se remodelaron o construyeron grandes estadios, como el Soccer City, en Johannesburgo y el Estadio Mosses Mabhida, en Durban. ¿No pudiste asistir al Mundial? Pues... busca 3 entradas en toda la página de los que sí fueron.

Como no podía faltar en este tipo de acontecimientos, había un logotipo, un balón nuevo oficial y una llamativa mascota que llevaba los colores del país anfitrión: se trataba de un leopardo con el pelo verde llamado Zakumi. **¿Podrías encontrar 6 logotipos como éste?**

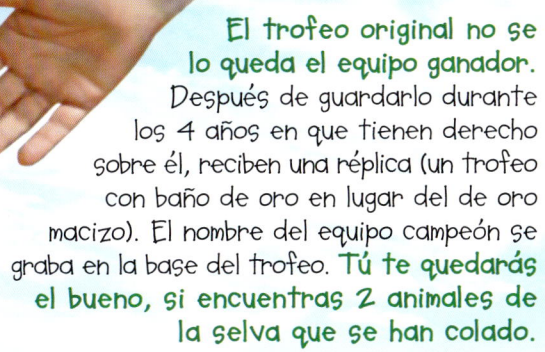

El trofeo original no se lo queda el equipo ganador. Después de guardarlo durante los 4 años en que tienen derecho sobre él, reciben una réplica (un trofeo con baño de oro en lugar del de oro macizo). El nombre del equipo campeón se graba en la base del trofeo. **Tú te quedarás el bueno, si encuentras 2 animales de la selva que se han colado.**

En una ocasión, **unos ladrones robaron el trofeo** durante una exhibición en Brasil y se cree que fue fundido. Posteriormente se hizo una réplica. ¡Haz de policía y búscalo!

Seguro que disfrutaste del Mundial, ¿a que sí? Pues no te preocupes, pronto vendrán nuevos torneos. Ponte cómodo y ¡que gane tu selección favorita!

El veterano Oliver Kahn ocupa la cuarta posición en el «Ránking Mundial Histórico de Porteros». En la actualidad, el segundo puesto de esta selección de porteros lo ocupa el madridista Íker Casillas. Aquí podrás ver a 7 jugadores cuyo número de camiseta se repite en otro. ¿Los ves?

El más grande de todos es Pelé, el famoso jugador brasileño. Él fue el encargado de confeccionar la lista de los mejores jugadores de todos los tiempos, los «FIFA 100». ¿Encuentras 2 «balones de oro»?